LOCUS

LOCUS

LOCUS

LOCUS

catch

catch your eyes ; catch your heart ; catch your mind……

Catch 246

去黃色小屋那邊

李嘉倩 / 文、圖

編輯：連翠茉
校對：呂佳真
美術設計：許慈力

出版者：大塊文化出版股份有限公司
台北市 105 南京東路四段 25 號 11 樓
www.locuspublishing.com
讀者服務專線：0800-006689
TEL：(02) 87123898
FAX：(02) 87123897
郵撥帳號：18955675
戶名：大塊文化出版股份有限公司
e-mail:locus@locuspublishing.com
法律顧問：董安丹律師、顧慕堯律師
版權所有　翻印必究

總經銷：大和書報圖書股份有限公司
地址：新北市新莊區五工五路 2 號
TEL：(02) 89902588 (代表號)　FAX：(02) 22901658

初版一刷：2019 年 8 月
定價：新台幣 320 元

ISBN 978-986-213-995-0　Printed in Taiwan

去黃色小屋那邊

李嘉倩 文·圖

To the Yellow House

目錄

出發

如果不能夠誠實，一切對話將無法開始。

即使只是在腦子想著關於那一團模糊的愛情，心裡就會出現害羞的感覺。為什麼會這樣呢？總覺得愛情應該像是被藏在口袋裡最心愛的小玩具，隨時用手緊緊地握住，就永遠不會消失，也不會被人發現。

這是屬於我的，沒人和我搶。

H 說：「夏天的德國很美，你來。」

於是我就買了機票、搭上飛機，握著口袋裡的「愛情」飛到德國。我的心被 H 遙控，無法抵抗。如果不要想太多，會覺得真是浪漫，但想多一點的話，不免懷疑自己的個性非常軟弱？！

我隱約意識到，這並不是能成為旅行的理由，但我還是出

發了，不斷地自言自語開始了這趟旅行。

一直以為自己很勇敢，直到走進感情世界才漸漸發現，原來真實的我比想像中愛哭，也很容易無所適從。

我也許渴望愛情，卻又害怕與人親近；無法真心喜歡人，自然也沒想過有人會喜歡我。認識H的時候，以為每一個明天，這段感情就會結束，結果每一個明天卻還是繼續著。這也讓我有些困擾，一向恐懼人與人之間的那條隱形線，已愈纏愈緊，愈纏愈有關係了。

到底，我想要的是什麼呢？

這趟旅行的目的是？

為了愛情嗎？

德國，好遙遠……

三十歲，剛辭去一份做了很久又有些疲累的工作，剛好 H
說：「夏天，你來德國……」

因為是太不好意思向身邊家人朋友開口的旅程，所以我靜
靜的飛了出去，也打算在秋天，不留痕跡靜悄悄的飛回來
……

機場

到目前為止的人生，除了原地打轉，彷彿沒有其他⋯⋯

飛機在慕尼黑機場降落，旅客陸續走出機艙。我原本計畫跟著一起下飛機一路走到海關，順利出境，但在尾隨的途中不知不覺就跟丟了。旅程才開始，我就迷失了方向，明明提醒自己要很謹慎，結果卻還是漫不經心的背著行李原地打轉⋯⋯時間一分一秒的在找路和迷路中消逝，此刻的我，彷彿正被偌大的空間吞噬，我試著開口向經過的外國人求助，看到對方疑惑的表情，才驚覺自己已經到了德國。

尋找出口的同時，一邊更加確信自己不僅沒有想像中勇敢，甚至比想像中更笨一些。每到陌生的地方，儘管一再提醒自己不要迷路，卻依然時常發生搭錯車、搞不清楚左轉右轉的情況，總是比別人花雙倍的時間到達目的地。

我是醒著的嗎？也許我是睡著的活著，任性的忽略指示，橫衝直撞的只想闖出一條不存在的道路。

H和我不同，他喜歡地圖，腦子裡隨時可以處理方向和座標的計算，總是能輕而易舉地循著正確的路線前進。曾經在書店裡，看他拿起一本關於非洲的旅遊書，站著兩小時將書看完，然後和我說：「有一天，我們一起去非洲旅行好嗎？」

停下慌亂的步伐，我告訴自己不要著急，放眼搜尋機場平面配置圖。現在的我彷彿走進一場逃生遊戲，海關是出口，等到護照上蓋了章才得以過關。
在配置圖上，先找出自己所在的位置，一個紅色的大圓點，接著找海關，一個藍色的大圓點，然後拿出紙筆在兩點之

間標註向左、向右⋯⋯

H一直在入境大廳等，我們終於見面的時間是飛機抵達後三小時。

迎面的第一句話，他問我：「你迷路了嗎？」

慕尼黑（München）

為什麼？這裡，感覺有我的童年。

如果只就字面感受「慕尼黑」，想像這個城市的顏色是一種接近墨汁流動的黑。其實「慕尼黑」三個字是音譯過來的，沒有特別的意思，但是自從認識了來自這個城市的德國人 H，這隨機組合的三個字也突然有血有肉長出靈魂緊緊跟隨，我的人生似乎悄悄的被捲入這流動的墨汁黑裡。

帶著想像中的黑，走出慕尼黑機場，一大片琉璃般的空氣藍在眼前閃耀。無論是建築物、沙沙搖晃的枝葉、路人的身影、人的臉龐⋯⋯所有事物都散發著微亮的藍色光芒，置身這幅光景，在我想像中的墨色換成了灰色，隨即又漸層呈粉白，然後如霧蒸發。

第一次真正走入這座城市了，我說：「我覺得慕尼黑是藍色，自由、浪漫，也憂鬱。」H說：「慕尼黑德文的意思是修道院，神父住的地方。」
手牽手走著，我們有各自不同的「看見」，我的是觸摸不到的感受和天馬行空的嚮往，H的是可以查證的歷史。

繼續前往居住的公寓，我睜著雙眼蒐集沿途不斷迸發的色彩，在這城市藍色基調的畫布上，在我經過之後，留下許多點點的印象顏色。越過路邊公園，有一隻烏鴉拍打著翅膀，在我頭上盤旋，還掉下一根長長的黑色羽毛。拾起羽毛像握住一枝筆，烏鴉隨即霸氣的降落在我腳尖前，回頭用黑黑的眼睛直視著我，然後一跳一跳的離開。

只是輕輕的跳躍，卻震動出我的兒時回憶，腦海閃過小時

候的自己拿著蠟筆不斷塗鴉的畫面—在堆滿落葉的公園裡，一隻烏鴉叼了一顆發亮的星星送給小女孩。那時的烏鴉是從夢境來的，也從夢裡飛走。夢裡，我坐在烏鴉身上，牠拍打著美麗的黑色翅膀，載著我飛，飛得好高好遠……

公寓

有人寫了一張明信片給我,在一百年前。

我們住在慕尼黑的史瓦賓區(Schwabing),附近街道綠蔭遍布,書店、小咖啡館林立,藝術風格的精緻建築隨處可見。推開公寓大門,扶著雕花欄杆,繞著古樸的木質旋轉階梯層層往上,踩過的地方發出喀吱喀吱的聲響。

H說:「這棟房子將近一百五十年的歷史了,有定期維修,還是可以居住。」走到我們住的三樓時,有位頭髮花白的瘦小老太太經過我們下樓,她的步伐輕巧,安靜無聲,彷彿沒有重量!就像一個飄忽的幽靈。
H說:「老太太獨自住在樓上,應該有六十年了。」我說:「如果她死了,會有人發現嗎?」H聳聳肩,拿出鑰匙打開公寓大門。

屋內擺設非常簡單，除了地毯和燈，幾乎都是木頭。有三個房間，還有廚房、廁所、陽台。每一個房間都有大而明亮的窗戶，陽光從四面八方穿透進來，使得空間裡充滿金黃色。我將行李堆進房間，靠著窗戶向下眺望，看著眼前不熟悉的風景，街道上走動的外國人，我再次確認自己已經到了德國，而在這裡，我才是外國人。

H倒了一杯水給我，他說：「慕尼黑的水很乾淨，是從阿爾卑斯山流下來的，打開水龍頭就可以直接喝。」我接過水杯喝水，一陣冰涼甘甜，突然覺得自己彷彿成了兒時很喜歡的一部卡通《小天使》裡的小蓮，在阿爾卑斯山上自由自在地奔跑著。

一百五十年的舊公寓是一座小型的博物館。

抽屜裡的舊鑰匙、牆上斑駁的壁紙、門板過時的海報、床底下的小玩具和雜物、書架上厚厚的精裝書、斷了弦的小提琴、壞掉的打字機……大都是之前房客留下來的，每樣都好有趣，有過去的味道和隱含著故事，謎樣的感覺瀰漫屋內的各個角落。我在床底下發現了一疊寫著德文的泛黃明信片，有風景、街景、圖畫等各樣式……原本只是隨意的瀏覽，眼光突然被一張明信片吸引，畫面是一棟坐落在鄉村的木頭小屋，上頭寫著幾個潦草褪色的單字，仔細看清楚，那竟是我的英文名字，SERA LEE……

我拿著明信片飛奔到 H 面前拿給他看。
他笑著說：「原來，你比我還要早來過德國。」

藍色的馬

沒有白馬王子，我只有你。

時差是一種身體已經飛過來了，精神卻還在原地徘徊的錯亂。台灣時間比慕尼黑快七個小時，我的昏沉和清醒也日夜顛倒的行進著。凌晨，眼睛倏忽張開，醒在一片黑暗裡。身旁的 H 正在熟睡，除了呼吸，動也不動。我數著他臉頰上密密麻麻的鬍碴，想著關於那張明信片。

明信片上印著一棟坐落在鄉村景致的木頭小屋，四周層層圍繞著盛開的花朵。是一張黑白照片，小屋內外的故事透著月光悄悄爬出，除了我的名字還清晰可見，其他文字都潦草褪色，連 H 也分辨不出來。

H 說：「應該是巧合，有人和你的名字一樣。」我說：「我

覺得是緣分，有人在等我。」接著問他：「那我們呢？是巧合還是緣分？」他回答：「我們是愛情，我就是你的王子。」巧合和緣分有什麼不同？將很多的巧合總和起來，答案就是緣分？想著、數著，H的落腮鬍長成了一棵棵小樹，一轉眼變成黑漆漆的森林……再次睜開眼睛是聞到了陣陣濃郁的咖啡香氣，起身走到廚房。咖啡機上有煮好的咖啡，桌上放著H留給我的鑰匙、地圖、車票、手機、零用錢和字條，他出門上班了，晚上才回家。我倒了杯咖啡，倚靠窗戶，窗外天氣晴朗，陽光燦爛。街上行人步伐輕快，不時也有腳踏車在小巷裡自由穿梭。慕尼黑的第二天，還在習慣四周日常，但就像在一部異國假期電影裡，我在裡面雖然扮演不顯眼的路人甲，卻也有戲分。

早晨在光影變化的隙縫中悄悄流逝。

突然，我聽見達達的馬蹄聲，由遠方漸近、從模糊到響亮，我循聲走到前門，推開一道門縫，眼睛溜溜的向外查看。
一匹藍色的駿馬正經過公寓前的長廊，馬蹄健壯有序地踩著旋轉樓梯下樓，跟在旁邊的是昨天見到的老太太，她溫柔撫摸著馬兒，每一個動作都像是他們之間的對話。

一匹藍色的馬？這是白日夢的幻覺嗎？
我毫無猶豫往樓梯大步過去，想確認剛剛目睹的景象。抓緊樓梯欄杆俯身向下看，什麼也沒有。
果真是浮光掠影，藍色的馬、老太太、馬蹄聲……瞬間消失。

電話

是心電感應，你正想著某個人，對方其實也正想著你。

廚房桌上的手機鈴聲響起，我轉身走回房裡，關上門，將剛才的幻象暫時留在門外，接起電話。是 H。他用充滿活力的聲音說：「今天天氣很好，你應該出去玩。聽我同事說，這附近的美術館有好看的展覽，你不是很喜歡藝術嗎？美術館的名字是『Lenbachhaus』，我拼音給你 L-E-N-B-A-C-H-H-A-U-S。出門後往公園走，走到地鐵站搭車到火車站，然後轉 U2 到 Königsplatz 下車，走出地鐵站就會看到美術館了。記得帶車票、地圖、錢，出門要鎖門、護照帶著、收好，有問題打電話給我，晚上見！」

我回答：「好。」掛了電話。快速梳洗和換衣服，喝完剩下的咖啡，將需要的東西放進背包，穿上布鞋。我奔跑著

House in Schwabing
1911 G.M.
2019 Sera Lee

對街的窗總是敞開著，窗簾隨風舞動，窗台上的植物也自在的享受日光，我也不小心就會瞥見住在裡面的人。白天，他們會聽音樂、看書、喝咖啡或是打掃；到了晚上，家家戶戶點亮昏黃小燈，一盞盞好像月亮的光。

下樓，貼著老太太飄忽的剪影一口氣跑到一樓，穿過中庭，推開厚重的木頭大門，迎面金光耀眼。我大口呼吸，隱身街道，往地鐵站的方向前進。

搭車過程非常順利，原本擔心的迷路並沒有發生，車站裡熙來攘往的旅客忙碌的走動。我按著指示轉彎，搭手扶梯到地下室月台轉車。赫然發現我和一群人正走著相同的路線，難道都要前往同一間美術館？

列車在黑漆漆的隧道穿梭，經過的地鐵車站各裝飾著不同的壁畫，美麗的圖畫快速拼貼佔據我的腦海。當愛麗絲掉進兔子洞裡的夢遊，是否就是這種蒙太奇般的景象。

車內廣播的聲音提醒：「下一站，Königsplatz」。

我混在旅客中匆忙下車，月台上被許多高大的外國人阻擋

了方向，當人群逐漸散去，站內牆面的壁畫上，一匹藍色的馬顯現眼前！
是那匹藍色的馬，被畫在牆壁上。

真是太有趣了，我忍不住在月台上奔跑起來，決定追逐這段未知的奇幻旅程，而我已經在路上。H的提議是巧合，他並不知道我早上看到藍色的馬，他甚至對藝術一點興趣都沒有，還是他同事給的建議，我才會到這間美術館。
我沒有計畫，可是有人已經幫我計畫好了。那個人是誰呢？

美術館

曾經，我也想當畫家。

出口的手扶梯上每一階都站著人，我排在最後的位置，視野隨著手扶梯向上而變化，首先是慕尼黑的天空、樹木、綠草，距離地面愈來愈近，隨即看到一座寬闊的廣場在眼前展開。

廣場的對面矗立一棟有著月光黃色、融合現代和古典的托斯卡尼式別墅莊園。大家往那棟建築走去，我也尾隨在後。一邊走一邊還在懷疑：「這真的是美術館嗎？無論外型氣勢、玻璃窗和欄杆、花園裡的造景、雕像和噴水池，感覺都比較像是某位貴族的宮殿，而我們就像受邀參加宴會的訪客。」帶著赴宴的心情走入美術館，大門的玻璃上映照著自己雀躍的臉……買了票，租了一台語音導覽，將背包

寄放到櫃子裡，手中握著一張雅致的入場　，戴上導覽耳機，調整呼吸，放慢腳步，我準備好仔細欣賞這個空間裡的收藏品。截至此刻，我對這間美術館仍然一無所知，牆上的畫也正靜默的等待我挖掘它們的故事。從編號 1 號作品開始，一幅畫到下一幅畫的距離，我連續走過的是西洋藝術史，完美透視的文藝復興時期、華麗無比的巴洛克、新古典浪漫、寫實和光影印象……眾多不同年代畫家的精神情感，透過畫筆封存在四周的畫布之中。

小時候的我也很喜歡畫畫，拿起路邊的石頭就能在矮牆上畫一整天，國中之後不知什麼原因就不再畫了。護專畢了業就去醫院工作，曾經在穿著護士服的工作中，有過一股好想再提起畫筆畫畫的念頭，想找回成長路上被我遺忘的快樂，但最終還是被我硬生生塞回，不敢多想。如今置身

離家甚遠的陌生美術館，辭去十年護理工作後的現在，滿溢的藝術氛圍像浪潮般打入胸口，藏在心底那份對畫畫的喜愛，活生生被翻攪出來，不再壓抑。

繼續往更後面的展場走去，耳機裡突然一陣雜音，最後只聽到「德國表現主義—藍騎士畫派……」隨後微弱的聲波逐漸消失。我重新按了開關鈕，檢查音量大小，依然沒有聲音，也許是電池沒電或當機了。拿下耳機，回神左右查看，忽然發現身邊沒有其他人，整個空間此刻只有我，和牆上的畫。

然後，在那，我被命定的作品召喚了。

連巴赫市立美術館 (Lenbachhaus Museum)，位在慕尼黑的藝術區，
館內收藏藍騎士和新即物主義等多種風格的作品。

相遇

喜歡就是喜歡，不需要理由。

忽然之間，展覽廳只剩下我一人，一股恐懼無預警襲來。所有感官、想像，頓時無限放大，內心小劇場緩緩飛出許多蝴蝶，交疊出興奮又焦慮的情緒。興奮「我是否不小心走進神秘空間」，焦慮「其他人怎麼都不見了」。平時的我，總是避開人群，躲入安靜，但這一刻，膽小的我也開始害怕獨處。

心裡暗自祈禱著「讓我見到人吧！什麼人都好，有了人會比較有安全感，能夠確認自己還在美術館裡，沒有迷路」。就在慌亂祈禱完畢的剎那，隱隱感受身後出現一隻手，帶我走近一幅肖像畫。眼前的肖像，如煙火般在我心內綻放，我完全喜歡上它，像初戀，沒有理由。畫裡的女子從容

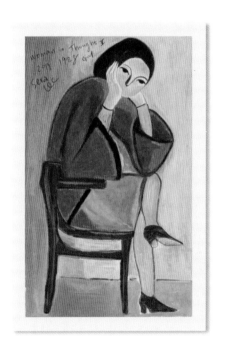

帥氣的靠在木椅上，好像想著什麼事，又好像外在世界與
她無關。幽暗的背景下，臉上飄浮著一片無邊際的海洋，
散發寧靜自在的力量。她的眼神穿透我，蝴蝶若隱若現飛
舞在我和她的視線之中，我聽到有個聲音：「嘿！不要害
怕。」一直感覺得到的小手，鬆開了……

當下，我的心被這幅畫安撫了。

心被安撫，一切回到軌道。

四周再度充滿人群的腳步聲、說話和氣息，而我依然佇立
那幅畫作前，安住一趟心靈之旅，享受和畫面女子間的共
鳴，只差一步就走進畫裡。

「你很喜歡這幅畫？」耳邊傳來女生的聲音。

輕輕轉過頭去，見到一位不認識的女人正朝著我笑。

我不認識她，但因為她的微笑，我也笑了……

新朋友

為什麼會感到悲傷？因為從來沒有了解過自己嗎？

女人說，從我走進美術館她就發現我了，因為我邊走邊傻
笑。之後，某些時刻我們曾經擦肩而過，但我一直專注在
畫裡，對周圍流轉的人、事、物，幾乎無視、無感。
她形容我「靠近你，空氣就凝結了」。
她說：「我一定要和你說話，拉你回來。」
她這些話，在我內心畫出了思慕的倒影。
她是 M，我的新朋友，年紀和我相仿的德國女人，喜歡藝
術和畫畫。
我們一起繼續參觀美術館，討論著吸引我們的作品。M 是
我的解說員，對藝術敏感、直接又熱情，隨時和我分享她
的觀察。每當她投入其中，臉龐就會泛發淡淡的光，接近
透明。

「再往前就是出口了！我們去咖啡館坐坐？」M 提議。

我們先到服務台歸還語音導覽，然後到置物櫃拿回背包。M 的背包很大，她說裡面裝著畫具和畫本，她習慣隨時寫生、塗鴉。

離開美術館，M 帶我散步到一間小咖啡店，我們坐在露天有陽光的位置，享受著咖啡和蛋糕。和新朋友比鄰而坐，女人之間的真情對話一啟動，流星、花朵、一陣微風……什麼都能聊。M 有著讓我放心的氣質，悠悠緩緩的，和她的距離愈來愈近。

我問 M：「剛見面時，你為什麼會說，一定要拉我回來？」

她喝了一口咖啡，並不急著回答，眼光從我的臉上移開，跟著天空的一朵雲。

靜默了一會兒，她才開口說：「到了某個時刻，你就會知道……」

火車站

四處走走，跟著看不見的那條線走。

咖啡店短暫的聊天裡，我和 M 互相釋放了關於自己的小事，也多了對彼此的一些了解。她知道這是我第一次到慕尼黑，這趟旅行並沒有特別的計畫。我知道她住在離慕尼黑不遠的郊區，一個依山傍水的小鎮。

喝完咖啡、吃完蛋糕，一股愜意從街道的四面八方友善的湧來。服務生到桌邊結帳並祝我們有美好的一天。M 優雅的起身，笑咪咪地對著我說：「時間還早，有沒有興趣和我一起坐火車到我住的地方遠足！」

和 M 相處的愉快，意猶未盡，我還不想結束，也好奇她放在背包裡的畫畫本和塗鴉。我打了電話給 H，告訴他我的新朋友邀請我去穆爾瑙（Murnau）。

H 回說：「那邊有一個湖，看得到阿爾卑斯山，風景很美。

有問題再打電話給我。」接著又問：「Lenbachhaus 好玩嗎？」

從 Königsplatz 坐地鐵回到中央火車站，我們到大廳買火車票。慕尼黑中央火車站，通往歐洲許多大城市的窗口，各種快車、慢車，新舊火車進進出出，乘載著許多人的夢想和希望。乘客下車上車，大大小小的數十個月台，不停上演著人生的聚散離合。

M 和我解釋我們即將到達的「Murnau am Staffelsee」，意思是「在斯塔費爾湖（Staffelsee）畔的穆爾瑙」，離慕尼黑約一個小時車程。之後帶著我查看了火車時刻和月台。確認完畢，我們走入這座有著百年歷史的扇形火車站，成為人群中的一人。

火車準時到點，分秒不差。

和 M 的小旅行，從月台起點迤邐成一條線。

火車通常都很準時，但有時也有例外，我遲遲等不到火車，電子看板
上顯示著「Kein Zug」我看不懂，心想著就再等等吧！火車一直都沒
有出現。回家查了字典，原來「Kein Zug」是沒有火車的意思。

拍立得

沒有過去、沒有停留、沒有往來，只有被光照亮。

月台上的時鐘，時針、分針、秒針，順著圓形一個追著一個移動，每一個追逐都是出發，也都是抵達。火車緩緩駛離月台，漸漸看不到時鐘了，感覺不到速度，只有窗外無聲流過的景致。

中午過後的車廂裡，靜謐的光線層層疊疊。
M 直接坐進陽光底下，我在她正對面，陰影的位置，躲著太陽。她頓時宛如變成一朵向日葵，我心想：「外國人真的很喜歡太陽……」H 也是這樣，走在路上總是抓緊任何可以日光浴的機會。他告訴我：「因為德國的冬天很長，一年裡天空常常是灰色的，陰沉沉的，讓人感覺總是生活在夜晚，彷彿白日永不來臨。最重要的是，我需要太陽，

少了太陽，我會很憂鬱。」

沿著鐵軌起伏，火車左右改變方向，大把陽光如影隨形，
我無法閃避。M眼睛發亮，安靜地看著我不停挪動身體和
陽光纏鬥。
她和我不同，在相同的時間、空間、距離、光線裡，她是
一朵盛開的花，而我是畏縮的含羞草。

「我幫你照相。」M說，然後從背包裡拿出一台復古拍立
得相機。面對鏡頭，我都還沒準備好笑容，她就「喀」的
按下快門。一秒之後的下一秒，從相機前方下端的凹槽，
慢慢吐出一張四邊留白的相片。
相片放在M的掌心中，影像還沒顯影，我好奇的湊過去，
等待。

M 說：「記得媽媽去世的隔年，我二十一歲，和姐姐坐船去美國找阿姨，待了將近兩年。在阿姨家，表哥送我一台拍立得，那是我第一次發現『攝影』。我拿著相機隨處拍，身邊的親戚、街上的陌生人、房子、街道、草原……全都收進照片裡。我記錄的影像是我的世界，現在，你也是。」

約莫兩分鐘後，方才的模樣逐漸浮現。相片裡的我，在陽光底下輪廓模糊，眼睛瞇成一條線，迎著前方。我驚喜地笑了，陽光裡的我，看起來是快樂的。

「這是我最喜歡的時刻！瞬間永恆。」M 說。

Sonnerblumen　　Seralee 2019

向日葵

在花店買了一朵向日葵去拜訪朋友的老媽媽，坐了一個小時的慢車
再轉公車。老媽媽拄著拐杖站在她家門口等我，開心地收下花，那
天下著好大的雨，老媽媽說，謝謝我帶了陽光給她。

Lady in
an Armchair
writing
1929
GM

2019 serotee

Gabriele Münter:

我是加布里·蒙特，在柏林出生，一直夢想成為畫家。小時候，身邊的家人就是我的模特兒，我喜歡用素描仔細畫下大家的模樣。父親也請了家庭老師教我畫畫。高中時，我選擇就讀女子藝術學校。

對於藝術，我總是渴望更多，但二十世紀初，社會對女性仍然存在許多不平等待遇，例如，當時德國的國家級藝術學院並不招收女學生，想要成為畫家更是極具挑戰之路。

但這一切無法阻止我繼續深造。二十三歲，我搬到當時號稱藝術之都的慕尼黑，投入了木刻、雕刻、版畫等等創作，並在朋友介紹之下，走進由康丁斯基 (Kandinsky 1866-1944) 和幾位畫家合辦的方陣學校 (Phalanx school)。

這裡也是我命運的轉捩點，我的老師，康丁斯基和我討論作品時的態度，並不會因為我是女性就有所保留，也是第一個「將我視為有意識、有想法的藝術家」，而他還是一個外國畫家。和他的相遇，擦出我生命裡愛與藝術的火花，啟發我因愛而畫的天賦，漸漸的也為了畫而愛，更感染了我成為畫家的那份自信。

肖像畫

放在心裡的碎屑，都是靈魂密語……

一列對向火車疾駛而過，我正對著車窗，交會的剎那，看到一同行進的另一個時空，另一個我也轉頭靠著車窗，不知道要漂泊到哪裡。

不知道為何，突然想起每當無法和 H 解釋清楚想要表達的情緒時，就習慣把頭轉過去，對自己生氣，不看他的臉，也不說話。話說不出口，像卡在喉嚨的一口痰，濃稠的黏液也堵住心坎。

H 總會說：「你有嘴巴，可以開口說話。」

他說得沒錯，只是當靈魂忽然喑啞，我彷彿也不存在，如何開口？

「你看到了嗎？你的內心風景，跟著對向的火車一閃而過。」耳邊傳來 M 的聲音，我回到當下。

M 回憶起她的童年。

「小時候，我只是睜著眼睛看，從不開口說話，大人都覺
得我是個奇怪的小孩。八歲生日，收到爸爸送的一盒鉛筆
和畫冊。爸爸的大手握著我的手用鉛筆在白紙上畫出一條
線，接著變化成一個圓，一個宇宙。他說，我可以握著筆
畫出我喜歡的所有事物。我完全被畫畫迷住了，畫畫引導
我慢慢靠近世界，打開我內心風景的出口。

我感覺，你也是這樣的人吧！在心裡迷路了。

下次，要表達情緒時，試著不要轉頭，看著對方的眼睛，
就像畫一幅自畫像，你會看到自己出現在對方的瞳孔裡，
從那兒向外望，也看著你，一個既明亮又孤獨的你，那個
你會帶你飛到高處，找到出口，當你感到自在，自然就會
說話。」

M 深邃的眼睛注視著我，她了解我的靈魂，我無法假裝不
懂她的話。

愛情

彷彿「我愛你」永遠只能是個回憶。

走道旁座位上的一對老夫妻,從袋子裡拿出食物。夾著火腿片的麵包、水煮蛋、香蕉,還有水。老太太看起來比較年輕,皺著眉頭快速吃完食物,身邊的先生白髮蒼蒼,動作緩慢許多,吃得滿嘴麵包屑。老太太拿了手帕給他擦擦嘴,還幫忙剝了香蕉皮。老先生握著香蕉,咬著、咬著,才吃了幾口就打起盹⋯⋯都只是日常小事,許多枯燥、萎縮、褪色的意象生起又消滅。老太太將桌上收拾乾淨,然後拿出一本書,專注閱讀。老先生陷入熟睡,傳出打呼的聲音。

我想起之前看過 H 的爸爸媽媽照片,兩人穿著同樣顏色的卡其色登山裝,坐在小木屋前喝咖啡,笑容滿足燦爛。H

Winterlandscape in
Bavaria
1950

soralee
2018-T

告訴我他們同年紀，二十六歲結婚，現在八十六歲。生活在一起六十年，只有互相，也成為彼此。

我和 H 目前沒有計畫成為彼此，在混沌的愛情裡既歡樂又悲傷的遊戲。有時候，我覺得「愛」是可怕的，尤其當「愛」還沒有結束。

車廂內廣播著下一個停靠站，火車隨即減速停在月台上。車門打開，上來了幾位乘客，其中一對相互摟抱著的年輕情侶，一身幸福，在車廂裡突然點亮繽紛色彩的「戀愛」氛圍，在空氣中迸發著欣喜，四周人都被擾動了，原本埋首書頁的老太太，也抬起頭……

老先生一個重心不穩，搖晃的醒了過來，午覺完畢。張開的眼睛立刻朝著老太太，老夫妻相視而笑。笑容有著

好似久違重逢的溫柔，彷彿他已經睡了一輩子，太太也已經等了一輩子。

「當我老去，也會有醒來的微笑嗎？」沒頭沒腦的，我小聲地和自己說話……

手機忽地收到簡訊，是 H 傳來的，寫著「我愛你」。

素描本

夢想的線索，來自於心。

沒有留意，M已經在隨身素描本上畫下瞬息萬變的一切。
她眼神堅定地觀察隨著時間流動的處處，熟練的記錄了老
太太眼角的皺紋、老先生下巴的角度、年輕情侶交纏的雙
手，還有我側臉的弧線……將看見的人和看不見的神韻，
用筆觸凝固到畫紙上。

她的老舊黑色硬皮素描本，攤開在雙手上，散發一股淡淡
香氣，夾雜著咖啡和皮革的味道，書背的裝訂樣式古典，
厚厚的畫紙邊緣泛黃起毛。

M的素描實在太吸引我了，無法掩飾對它的喜愛，我和
她說：「真迷人！我能再多看一些你的作品嗎？你是畫家

嗎？」話才出口，立刻又感到自己的唐突，有點不知所措。
她敏感的察覺到了，俏皮地眨眨眼並遞給我素描本，說：
「你慢慢看！很開心你對我的畫有興趣！」

M 說：「對我而言，素描本就像寫日記。每天睜開眼睛，
看見什麼就畫下來，隨時記錄身邊的細枝末節，收集成自
己的圖畫日記。你說對了！我夢想成為畫家，現在還在努
力。從小到大，我總能感覺來自內心的強大渴望，不斷催
促我在畫畫這條路上學習和探索，學雕刻、版畫、油畫，
也到處寫生……我是真的很喜歡畫畫啊！」

「你呢？你的夢想是什麼？」M 反問我。

「我的夢想？」我喃喃複誦著，彷彿有顆小石頭丟進我的
心裡，思緒墜落在小學生時。我獨自坐在矮牆上畫著很多

烏鴉，我的烏鴉都會說話，捎來遠方的訊息，黑森林的風
和沙漠的烈陽，或是一片洶湧的藍色海洋。那時的我，在
矮牆上畫滿夢想，毫無保留。而當小女孩長大，不再畫畫，
烏鴉們也不再停棲。

M 的素描本每一頁都塞滿圖畫和文字，無論是渺小的一顆
種子，或是遠方的大山、桌上的食物、房間裡的玩具、草
地上野餐的人、小孩熟睡的臉龐，還有季節更迭的風景。
M 認真畫下她感興趣的日常景象，淨是她對畫畫的熱情、
對夢想的堅持和對時間的珍惜。

她已經在夢想裡。
我的夢想曾經出現，卻又被自己親手丟棄，早已枯竭。

夢想

埋在深海裡的寶藏。

我有些尷尬,我無法回答 M 關於「夢想」的問題。

她沒有再多問,輕柔的移到我身邊,將我手中的素描本翻到某一頁,指著紙上的一張男子畫像說:「你看,這是我的畫畫老師 K,他是俄羅斯人,原本在大學當教授,二十九歲時偶然在莫斯科的美術館,看見印象派畫家莫內的作品─《乾草堆》,畫裡的光影和顏色深深觸動他的心靈,於是毅然辭去教職,搬到慕尼黑追求完全的藝術生涯。他現在四十歲,已經是一位專業的畫家了。六年前我覺得自己在油畫的技法上無法突破,經朋友推薦上了他的畫畫課。在那之前,每當我面對畫布創作時,就像突然跳進一片無底的深海裡,而我都還不確定自己是否會游泳,也許會浮起來、也許會溺斃⋯⋯幸運的,K 他教會我游泳的技

巧，面對空白的畫布，我不再害怕。」

M筆下的K目光炯炯有神，有著東方人的神秘面孔，眉宇間散發貴族氣息，嘴裡咬著煙斗，認真又含蓄的正視著前方，充滿魅力。

我不禁說：「他好帥！我也想報名他的畫畫課了。」

M噗嗤一笑：「到穆爾瑙你會見到他，我相信你會喜歡他的。」聽著M對我的分享，我感謝她的細心。

她其實想要告訴我：「每個人的夢想之路各有不同，有的人會勇往直前，有的人走走停停，但即使走得很慢，終究會走到終點。」

和H交往沒多久，他就發現我常常覺得自己做這個不對、做那個不好，還習慣說自己很笨。有一次他就說：「我覺

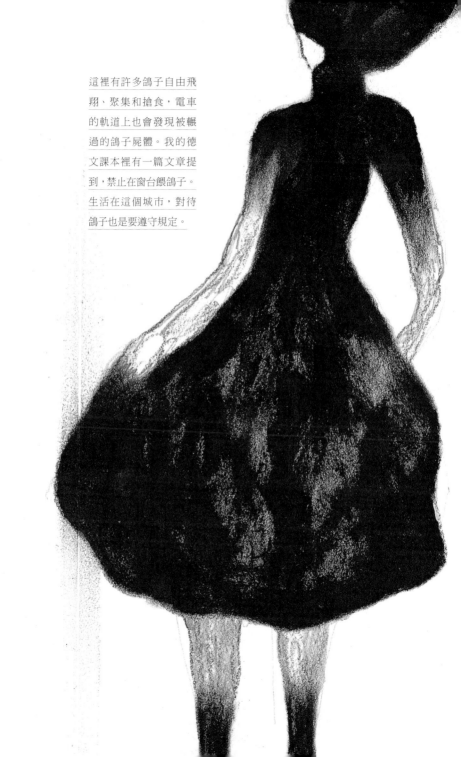

這裡有許多鴿子自由飛翔、聚集和搶食，電車的軌道上也會發現被輾過的鴿子屍體。我的德文課本裡有一篇文章提到，禁止在窗台餵鴿子。生活在這個城市，對待鴿子也是要遵守規定。

得你一點都不笨，你只是對自己沒信心，你很好，你可以喜歡自己。」

M 為了畫畫，不顧一切跳入未知的勇敢感染了 K，而透過 H 的眼睛，我見到被自己隱藏起來的我。H 試著呼喚我，提醒我為什麼就不走了，就忘記了自己的興趣和曾經的心動。在三十歲這年，因為 M，我潛入內心深海，挖掘某個等待浮現的遺忘，我的夢想。

1909   G.M.

Bildnis Marianne von
werefkin

2019
SeraCoe

Gabriele Münter:

一九〇四至一九〇八年，康丁斯基尚未結束他的上一段感情，但我和他之間卻因為彼此吸引萌生了親密的戀情。

我們暫時離開慕尼黑，藉著在歐洲四處寫生、旅行沉澱心境，和整理還無法確定的未來。

我們專注在畫畫裡，康丁斯基教我不需刻意尋找主題，只要張開眼睛，拿起調色刀，用簡單的形式將身邊的光影和氣氛，在畫面上堆疊出想要的效果，就能畫出充滿生命力的作品。

旅行途中，我們還曾經巧遇自然主義的亨利・盧梭（Henri Rousseau ,1844-1910），和野獸派的馬諦斯（Henri Matisse ,1869-1954）兩位優秀的畫家，他們的作品鼓舞我大膽使用自己喜歡的顏色畫畫，從心出發。

一九〇九年，我終於定居在穆爾瑙，而之前走過的風景都成了我的生命經驗。經過那幾年的練習，邊走邊畫成了我安定心靈的方式，我著迷置身在大自然的風景裡，而且永遠都不會感到厭倦。

關係

傾聽、分享，一塊兒踏上旅程。

K真的很帥，很難被忘記的一張臉。

雖然只是黑白素描，但畫裡眼神流露的自信和愛意，也投射出K和M之間的關係。回想M說K時出現了的愉快，我打開女生的雷達，愈加確定他們應該是一對戀人。

M將鉛筆和素描本收回背包裡，隨後側過臉望向窗外，原本梳理整齊的髮髻有幾束髮絲掉落，她伸手隨意將它們撥到耳後，慵懶的托起臉頰。兩片紅潤的嘴唇緊閉，嘴角隱約掛著笑意。她的鼻頭小巧可愛，總是微微驕傲地揚起，就像她的人，率性又優雅。

一個短暫的影像浮現我的腦海，M的臉重疊著美術館裡畫

中女子的臉，尤其是靜止如大海的藍色眼眸，非常相像。

「嘿！我們快到站了。」M清脆的聲音將我腦海中的畫面一分為二，重疊著的臉輕巧滑落，像卸下一張面具。

「等一下火車會先經過湖，從車窗看出去非常美，要睜大眼睛仔細看喔！」M興奮地提醒我。

於是，我們兩個就像參加戶外郊遊的小朋友，靠著窗，一邊聊天一邊數著風景，滿心期待著到達目的地。

我問M住在穆爾瑙多久了？

M說：「我和K原本住在慕尼黑，最近才搬到穆爾瑙。

「幾年前我們時常四處旅行，帶著畫具到不同的國家生活和畫畫，荷蘭、義大利、法國、瑞士……直到兩年前和朋友到穆爾瑙度假，短短幾天我們就愛上那兒舊時的農村氣息，還有隨處可見的自然美景。」

天空飄浮著幾朵白雲，午後陽光不再那麼刺眼了，放眼最
遠處，高低起伏的綠色平原後面，慢慢出現一片風平浪靜
的湖水，藍藍的湖面波光粼粼映入眼簾。

我們不再急著說話了，腦袋逐漸縮小變輕，沉入如畫的景
色中。

旅行

待在一個地方，鋪下生命。

火車繼續在廣袤的田野繞行，稍一偏左，就看不到湖水了，不過，湛藍如寶石的光芒依舊在心頭一閃一閃。我和 M 坐回位置，舒適的靠在椅背上，等待到站。一股平和的氣氛在我們之間醞釀，透明的小泡泡流淌其中。

M 的聲音被包覆在小泡泡裡：「和 K 旅行的那些年，我的視野向世界打開。每一個國家的語言文化和風情顏色各有差異，必須走入體驗才能發現。除了風景畫，我尤其喜歡素描當地女人的生活步調、走路的姿態，迎接日出時散發的完滿朝氣，和等待黃昏的落寞身影……
雖然和 K 是結伴旅行，我卻有自己偏愛的景色和畫畫方式，所以常常是分開獨自創作，完全享受在個人的天地。

甚至一連幾日，我們都沒有開口和對方說任何一句話，微妙的是，我們心靈契合，一切與我們有關的只有畫畫和陪伴。」

我安靜的聆聽，揣摩著她的話語，想著自己。

我很少移動，最遠的一次是五專畢業、二十歲出頭時，離開家鄉小鎮到台北工作，一待十年。H則是很喜歡旅行、移居到不同國家生活，和我相同年紀，已經徒步走完西班牙朝聖之路，短暫停留義大利西西里島的山城蒐集石頭，到土耳其欣賞建築古蹟，在巴西溼地釣鱷魚，騎馬在墨西哥的叢林探險……每次聽著他的描述，我時常心不在焉。太遠了！所有的世界都離我太遙遠。我問他：「為什麼那麼喜歡旅行？有意義嗎？」他說：「不需要意義啊！旅行就是一場遊戲，不用前進或後退，隨時都可以開始。」

他覺得我想得太複雜了，給了我簡單的答案，接著建議：
「下次，我們一起去旅行！去原始的非洲好嗎？」

M 透露的深層情感，我像活在她的感受般感受著。被包覆
在小泡泡裡的話語輕盈飄浮，消失在空際之間，幻化成晶
瑩剔透的小星子，承載著一段又一段充實與空虛並存、既
孤獨又美好的愛情。

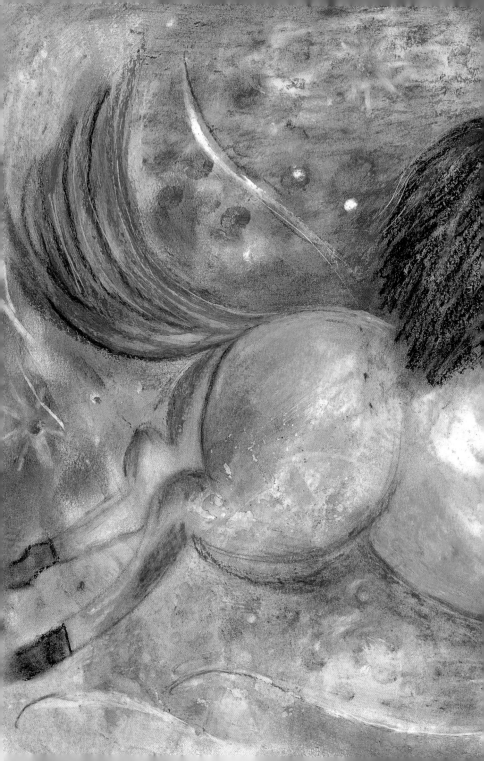

抽象

勇敢的三角形、平靜的正方形、通往四次元宇宙的圓形。

M 展露一臉的自信，繼續和我說：「因為 K 的出現，將我視為有意識的畫家，帶我看到自己內在那個既害羞又渴望的藝術靈魂，鼓勵我勇敢表達想法。他認同我的作品，並不是因為我是女生，而是因為我確實擁有一份特別的天賦才華，一股深植內在的巨大繪畫力量。K 是活在未來的人，因此也照亮我的未來。」

我笑著問 M：「K 活在未來？那你呢？」M 揚起眉毛，語帶輕快地說：「我走我的路，創作自己的畫，活在畫畫的生活裡。」

「你聽過聯覺反應嗎？就是身體上的兩種感覺會自動相伴出現的一種現象。例如看到某個字母的同時就會看到某種顏色，或者看見某種顏色就會同時聽見某種頻率的聲音。

K就是擁有這樣感受的人，對於語言、文字和色彩有著強烈感知，看得到音樂，也聽得見色彩，他的腦子裡總是不斷建構新的藝術世界。他常說，要傾聽心聲，將眼睛向內看進自己的生命。追求藝術的精神性，要將看得見的形體打破，用純粹的顏色和最單純的點、線、面，表現靈魂的神秘樣貌。

這就是K。他就在我面前，卻感覺親近又遙遠，我們擦出愛的火花，也共同經歷一場充滿挑戰的內心探索。」

畫家的表達都這樣的細膩嗎？

純粹的精神性是白色的？還是透明的？都是實質上無法碰觸的形容，對我而言，太抽象了。

還沒遇見H之前，一位紫微斗數老師在我的命盤上依稀看到H的出現。

老師把一張寫滿人生秘密的紙張推到我面前，用鉛筆在奇怪的符號上畫圓圈，然後指著圓圈和我說：「這裡，有一個外國人，你的生命將會和這個人緊緊相繫。」但我看了老半天，也只看到一個鉛筆畫出來的圓，怎麼也想不透圓形如何會變成人。如今回想，預言也像是一種催眠，環繞著算命師的咒語走到意想不到的段落，純粹只是相遇，沒有理由。

　　去黃色小屋那邊

Gabriele Münter:

三十一歲，我和康丁斯基的感情已趨於穩定，我也在科隆舉辦第一次個人展覽，接著也參加一些比較大型的展覽，例如：慕尼黑新藝術協會和藍騎士（Der Blaue Reiter）的展覽。

展覽之後，我收到一些關於畫作的評論，藝評家將我的繪畫分類成許多風格。

例如：風景畫家、素人畫家、神秘主義畫家、肖像畫家，也有的人說我的繪畫就像小孩子的圖畫……畫畫的朋友問我，對此有什麼想法？我說，外界如何將我歸類，都與我無關。因為我清楚的知道，自己就是一個嚮往自由的平凡畫家，我的直覺就是靈感，我的方式就是不停畫出一幅又一幅靠近純粹的作品，畫出誠實的探索和屬於我的精神世界。

幸運的，即使戰爭之後我依然能在德國、丹麥甚至美國，繼續舉辦展覽，讓更多人欣賞到我的作品。這也是因為我始終抱持初衷，從來沒有放棄畫畫，所獲得的成就吧！

下車

來到這裡，走自己的路。

H 又打電話來了，時間算得很準，火車剛剛抵達穆爾瑙。
接起電話，收訊非常不好，H 的聲音像深谷傳來的回音：
「要先計畫回慕尼黑的火車時刻，不要錯過末班車……不
要錯過最後一班車。」
短短的月台上零星幾人下車，包括我和 M，還有那對老夫
妻。我們四個人踩著彼此朦朧的影子離開鐵道。
M 和我解釋，穆爾瑙是一個擁有中世紀歷史、傳統巴伐利
亞農村風貌的小鎮，有著熱鬧的廣場、老街和教堂。
她又熱情的補充說：「火車站前方的路口有公告地圖，看
著地圖研究，你就會認識這地方的全貌，也會清楚東南西
北的方向。」
H 和 M 總是擔心我會迷失。

在某個車站、某個轉角、某個慌慌張張、某個幻想底下，
他們就會拉我一把。

下午兩點，緩慢悠閒的氣氛在穆爾瑙街道隨處掉落一地微
醺，麻雀聲唧唧喳喳、飄忽不定的飛過來又飛過去。

那對老夫妻在路口和我們分開，沿著模糊的小路穿行，背
影如同唱完一首懷舊歌曲，漸漸消失在綠意盎然的圍籬
旁。

我問M：「那對老夫妻，會不會走著走著就愈來愈年輕呢？
老先生的頭髮由白轉黑，老太太的身形也變得輕盈，遠去
的逝水年華都回到了腳邊，宛如走進時光隧道。」

M輕輕點頭，說：「那對老夫妻為著永不散場的愛情，於
是走進穆爾瑙的魔幻角落，但更吸引我的是停止在他倆身
上的時間，以及互相牽著的雙手。」

說完，她拿出鉛筆和素描本，用流暢的線條快速畫下……

反向玻璃畫（Reverse glass painting）

找回初衷、原始的光。

這是一個可愛寧靜的小鎮，和我長大的鄉下一樣，夏日午後，路上幾乎聽不到喧囂，一陣微風吹拂，泥土的芳香令我陶醉。和 M 順著彎曲小路走著，山坡盡頭出現一間有著墨色洋蔥塔、乳白色牆面、天真爛漫的小教堂，就像童話故事裡的一頁插圖。
M 說：「我帶你進去教堂走走。」

教堂四周一片綠草地，圍繞著樹木，走近發現，草地上立著幾座雕花不同的石刻墓碑。M 推開小門欄杆，轉頭對我微笑，說：「你看，這兒綠草如茵，花朵盛開，看起來就和公園一樣美麗，死亡在這裡安然棲息，永遠的優雅。」
我跟在 M 身後跨過石階走進小教堂。

和外觀樸實的風格一致，教堂裡的內部結構也親切簡單。除了牆上鑲著宗教題材的浮雕、彩色巨畫、聖人雕像，沒有過多的裝飾。環繞上方的彩繪玻璃窗灑下陽光，從大門直到禮拜殿堂是一路的希望大道，莊嚴肅穆。

我們在一列列長型木頭跪凳中，選了後面的位置坐下來小憩，正前方是高掛的耶穌受難十字架。

M 說：「教堂就像博物館，有著不同時代的歷史、文化、藝術縮影，例如繪畫、雕刻、建築或音樂。無論外面世界如何混亂，走進這裡，心境就自然沉澱，心靈得到休息。」我沒有信仰，對聖經也不熟，但此時和 M 坐在這陌生的小教堂，感受蔓延的光影，看著聚集在走道旁一片祈禱的燭光，自然地起了雞皮疙瘩，應該是被感動了吧！

結束教堂內部的巡禮，M 帶我從側門出來，繞到後方，說那邊有一些古老的還願像 (Ex-Votos)，一種從十五世紀流傳下來畫在木板上的民間繪畫，目的是祈福、還願，將祈福的內容和現實連接，用說故事的方式呈現，不需要專業的繪畫技法，作畫的人想怎麼畫就怎麼畫，自然地流露出個性和生活經驗的率真作品，充滿童趣。

我抬頭仔細欣賞牆上的老舊木板畫，它們看起來像是科幻書籍的封面，在小巧的版面裡，放進不同時空的真實和幻想：破了一個洞的牆壁，出現天使、瀕死之人的上方黑影懸空、荒蕪的草原前方出現巨大神像⋯⋯宛如孩童的自由塗鴉，無邊無際的想像。

M 在一旁問我：「你喜歡舊的東西嗎？」是啊，我非常有興趣。

她說：「這邊不遠的街上，有一間骨董店，我常常去裡面挖寶。像小玩具、布偶、面具、花瓶，來自其他國家的藝品、舊書、舊日記本，每一件舊物都能觸動我心靈的某一部分，也幫助我找到創作靈感。

在店裡，我發現一種在玻璃上藉著簡單線條、鮮艷顏色，很接近自然的藝術方式，也向老闆打聽了細節。

據說這是附近流傳已久的一種民俗畫，是居民的休閒娛樂，透過翻轉玻璃，以觀察和生活有關的風景、信仰、節日為創作題材，平凡卻很有意思。

那些玻璃畫散發著樸實魅力，K 也很喜歡。我們蒐集了很多放在家裡，還從鎮上買回材料，嘗試自己動手。」

從教堂到古董店，從還願像到反向玻璃畫，我發現 M 嚮往自然和原始，喜歡沒有矯飾和偽裝。我問 M：「是這樣

嗎？像孩子般的畫畫。」

M 說：「這幾年，我愈投入畫畫就愈清楚自己始終懷著一份反璞歸真的心意，不是刻意追求，而是來自內心的精神。孩童時，第一次握筆畫畫的感動還迴盪在心裡，長大的過程，我盡全力守護那份感動，以保有單純畫畫的快樂。」

找回初衷，需要花多久時間呢？我疑惑著。

一隻烏鴉悄悄從一塊老舊木版畫探出頭來，嘴裡銜著燦爛如星的光，眼神停在我的臉上。我立刻認出牠是我畫的那隻烏鴉。 時光倒流，公園、女孩、烏鴉，原來早就被畫入我的人生之中。

「牠送初衷回來了！」M 幾分神秘的說。

下一秒，烏鴉伸展黑色雙翼，飛過我和 M 的頭頂，留下第一次的心意，留下純粹的光。

穆爾瑙（Murnau）

這裡和遠處之間沒有任何汙濁，各處閃爍靈魂的顏色。

終於見到住在鎮上的第一個人，骨董店老闆，一位笑容可掬的中年男子。

M 和老闆站在門口聊天，我獨自在店裡隨意逛逛。一切如 M 描述的，迷人的舊物目不暇給。我也見到 M 說的玻璃畫，大膽扁平線條勾勒的美麗風景，而那清晰的顏色，生動得就像從天而降的彩虹，繽紛絢麗。

和 M 離開骨董店時，老闆從櫃台裡拿出幾張當地的風景明信片送給我，誠懇的祝福我有個美好的旅行。

我們踩著古老的石子路，慢慢靠近熱鬧的廣場。兩側連接著一棟一棟浪漫可愛的彩色小房子，街頭到巷尾淨是童話故事。沿路商店精緻的櫥窗擺設也吸引我的目光。

下午三點，小鎮慢慢甦醒，路上行人也變多了，迎面而來的當地人，心滿意足的享受著手中的冰淇淋，一派悠閒地漫步。

M提議，我們也去買冰淇淋吃。

轉角的冰淇淋店有人排隊，我們加入隊伍。

M說她喜歡有細碎果仁的巧克力和草莓，推薦我濃郁香草口味。服務生動作熟練地挖出一球軟綿綿的冰淇淋放在甜筒上，我和M兩人手上拿著冰淇淋，邊走邊吃。此刻，我也是當地人了。

M說：「這兒的居民生活在大自然裡，步調踏實從容，回歸原始。

我在柏林出生、長大，是都市小孩，和K到處旅行的那兩年，也遊歷歐洲其他國家的熱鬧繁華。雖然習慣都市生活，

心裡卻不停尋找能鼓舞自己心靈和創作的地方。所以，第
一次旅行到穆爾瑙，就被這裡豐富的自然景象吸引，湖泊
山脈、平原森林、沼澤，和天空，彷彿全世界的顏色，都
在這裡了。」

是陽光的關係吧？還是因為 M 的微笑，從火車站月台徒步
到此，一路上，小鎮流瀉的一股暖意，快樂的金黃色就像
即將收成的稻浪，每個人都洋溢豐盛喜悅的氣氛，包括我。

「你有想像過，你的靈魂顏色嗎？」M 問我。
我不假思索地回答：「有種想飛卻飛不起來的沉重感，應
該是灰色調的吧！沒辦法擦出光也沒勇氣走到黑，在晦暗
的色階徘徊。」

M 笑著說：「你的形容讓我想起剛開始用炭筆素描石膏像的感受。」

我也笑了，笑聲和冰淇淋再次融化了我和 M 之間的距離。

她繼續說：「你知道嗎？這個世界上並不是只有黑白石膏像的顏色，你還有許多不同的選擇。也許在你灰色的靈魂之下，躲著一隻有顏色的野獸，只等待某個時機被釋放。你的心，是鎖也是鑰匙，動手畫畫，就能轉動鑰匙，最重要的是你內心的感覺。

人一定有自己鍾愛的顏色，找出它，就會找回自己。大地的土黃色、天空的藍、玫瑰的浪漫粉紅、植物的綠……顏色又會帶來更多顏色，夢想會感染夢想，我和你之間看不見的靈魂，正透過穆爾瑙乾淨明亮的黃色溝通，是我們來到這裡的禮物。」

為什麼，我會來到這裡呢？

我的腦袋和心時常拉扯，現在的我和過去無所不在的我不斷互相質疑，搬離鄉下或留在都市、愛與不愛、畫或不畫、現實與夢想……眼前的 M 或許有著答案，她正耐心的抽絲剝繭我的心事。

M 說：「剛才骨董店老闆送你的明信片呢？」擦擦不小心被冰淇淋沾到的手，我趕緊從背包裡拿出明信片遞給 M。

看著明信片上的風景，她解釋即將的行程：「前面的廣場可以借腳踏車，我們待會兒先騎車到沼澤，然後到湖邊，傍晚再去我家吃晚餐。」

前方廣場上聚集一群低頭啄食麵包屑的鴿子，有位路過的小女孩一見到鴿子，便用力甩開媽媽的手，唱唱跳跳地揮舞雙手向鴿子跑去，突如其來的打擾，鴿子受到驚嚇迅速

展翅飛翔，在天空像突然飄散開來的灰白色棉絮，隨即又和諧的飛舞，形成一幅百看不膩的自由畫面。

我的眼睛跟著小女孩的動線，到鴿子群散開的瞬間，一股欣喜撞擊了心門推開縫隙，灰色的野獸好奇地露出半個臉，抖落一地五彩繽紛。

沼澤地（Moos）

讓直覺發酵、自由想像。

騎上腳踏車，努力跟在 M 後面，開始環繞小鎮外圍的單
車之旅。眼前是一條無盡蜿蜒的碎石子路，兩旁淨是茂盛
的樹林，一彎清澈小溪嘩啦啦流向遠方。陽光碎成細細金
沙若隱若現的在空氣中晃動，照耀著遠方的綠蔭入口。

我差不多快遺忘騎腳踏車的單純快樂，記得小時候只要握
緊把手，雙腳不停踩著腳踏板，保持齒輪有秩序地轉動，
要去哪裡就到哪裡。沒想到，現在的我，才騎了幾段路，
就體力不支、氣喘吁吁，和 M 的距離漸漸拉遠，甚至一
個轉身就消失在前方的森林。
我緊追著騎進那片蓊鬱的道路，把日光留在身後。
林子裡，植被覆蓋了一切，儼然世外桃源，蟲鳴鳥叫此起

彼落的在竊竊私語。樹根盤踞、突起的狹窄路面，輪胎一經過，整台車顛簸、跳躍，搖搖晃晃。

我繼續一路向前，直到騎出林子，眼前可以遠眺田野和群山，這才發現剛剛在寂靜昏暗的路上始終不見 M 的蹤影，只有我獨自騎著腳踏車跟著感覺走，竟然也絲毫不害怕。

我終於看到 M 了，她在前方一座白色尖頂小教堂停下等我，向我揮手。

下午四點，教堂周圍有著一望無際的碧綠草原，草原上有幾隻低頭吃草的牛羊和幾匹閒蕩的馬，遠方地平線上藍色山脈連綿。

我深深吸了一口氣，輕輕走入這片美好之中。

M 說：「穆爾瑙的沼澤是中歐最大的連續溼地，樹木和草地一塊接著一塊，形成像拼圖一般的瑰麗多彩。大自然總

是能刺激我的想像，例如泥濘的沼澤之下，蘊藏著什麼？
如果沼澤變成花園，會是哪種模樣？

我和一些畫畫的朋友，時常騎腳踏車或散步到這附近寫
生，尋找靈感。

當我們拿起紙筆，K 會建議大家不帶任何意圖，直接畫，
讓當下的情感自然流露到畫紙上，愈快愈好，因為感動稍
縱即逝。

我後來也發現，這樣的畫畫方式開啟了直覺，讓思緒暫停，
傾聽內心。」

然後她問：「你相信直覺嗎？」

我們在小教堂前休息了一會兒，正打算繼續往沼澤地騎
去，不料原本的晴空萬里飛快捲起了烏雲，天空瞬間下起
傾盆大雨。

M 說：「別擔心，這雨來得快去得也快，就像畫布上難以捉摸的色彩。」
我們走進教堂躲雨，當教堂木門即將關上的剎那，我轉頭看來時的風景，發現都不相同了。草原、樹木、山丘籠罩在白色雨霧下，幻化成朦朦朧朧的仙境。

我和 M 靜靜的聆聽雨聲，等待雨停。
聽著雨聲，我想像著大雨不斷敲打下潛伏沼澤中的什麼正蠢蠢欲動……閉上眼睛，腦海裡浮現 M 在沼澤下自在的游泳，身邊圍繞著一個又一個輕盈飄浮的氣泡，當她隨手一碰，我就從一個小小氣泡裡浮游而出，奮力往上。
這一刻，我的直覺，一個一直存在卻被忽略的感覺，從內心綻放一路新芽。
而路的盡頭，M 正等著我。

Manchmal entzückt schon ein Rücken. Von ein **Rücken**

„*Le Peignoir rouge (Misia)*"

斯塔費爾湖（Staffelsee）

臉的顏色，心的表現。

教堂的鐘聲「噹噹噹噹噹」響起。
M 說：「教堂的鐘塔每天整點報時，高低起伏的合聲傳達著祝福，譜寫出農村生活的寧逸。」

下午五點，大雨已經停息，教堂外的風景經過雨水洗刷，在陽光下清透無比，處處閃爍晶瑩光亮。
沿著鄉間小路，腳踏車騎過淤積汙泥，濺起泥水四射，鞋子、衣服和褲子都被染成了咖啡色，都是路過的印記，就安心的讓它們留下吧！

持續著慢悠悠的速度，我們騎進分不清溼地還是道路的沼澤，路旁潔白蘆葦、紫色黃色小花，柔軟的隨風搖晃。M

在花叢前停下，手指著前方說：「順著長滿蘆葦的這條路過去，可以看見更大的沼澤，魔幻般的綠色拼圖。可惜今天時間不夠，到了前面的岔路口，我們就要轉往湖邊，就是在火車上看到的那座湖。夏天，湖水如鏡，像一顆閃亮的藍寶石；冬天，大地覆蓋了白雪，湖面結冰，銀白色世界彷彿夢境。不同的季節不同顏色氛圍，這是大自然的創作。」

一道彩虹輕輕的由遠方畫過天際，五顏六色的輝映恰恰落在 M 的臉上，我好像又看到美術館裡那幅畫中女子。

我和M說：「有時，我看到的你是另一個人……」
和 M 之間出現一秒鐘的靜默，之後她眯著眼睛笑，騎上腳踏車，說：「走吧！我們去湖邊。」

前方的交叉路口分別往沼澤和湖泊兩個方向，追著 M 的
影子，好多感覺都在跑，直覺、靈魂、夢想、初衷，一個
追著一個地輪迴縈繞，超越了一切微小真實的我。
順著風，我們一路輕快的前往湖邊，快速得像飛行。
在大樹旁停好腳踏車，我們脫下鞋子，踩過柔軟的小草往
水裡走去。大湖四周有許多人在游泳、划船、野餐、日光
浴、和狗追逐，也有人只是坐在石頭上吹風，或者和我們
一樣戲水。

M 說：「你看，當大家在風景裡做著自己喜歡的事，互不
干擾，這幅畫面多麼和諧、美麗。」說完，M 拉起我的手，
往深水處走去。
每向前一步，就往後丟掉一些壓抑在內心的煩惱與掙扎，
湖水靜靜地來回清理，也不催促。一波波浪花由遠方拍打

而來，溫柔的像是推送著什麼給我，低下頭來一看，見到自己熟悉的身影清晰地倒映在湖面，一個確定的表情和一張快樂的臉。

我驚喜的小小聲和久違的自己打了招呼，還不小心地掉下一滴不知從何而來的眼淚……

拭去淚水，我和Ｍ說：「還記得美術館裡那幅畫中女子嗎？雖然她凝固在畫裡，但我看得到她活生生的存在，走進她靜默之下隱藏的情感，會衝擊自己的心。剛剛掉下的這滴眼淚就是回應她，但所有的想念都是想念著自己。謝謝你帶我到這裡。」

Ｍ依然拉著我的手，我們站在深藍色的湖水裡，很久很久……

阿爾卑斯山（Alpen）

藍色的馬，奔跑在藍色之地。

坐在湖邊的長椅上，讓陽光晾乾我們溼了的衣物。

夏日，傍晚六點時分，太陽仍高高掛在天空，好長的白晝。

我問：「幾點才會有夕陽呢？」

M 說：「晚上九點，天都還是亮的，但大約九點半左右，天色會突然變黑，夜晚悄然降臨，如同生命中那些轉眼發生的某些未知和意外，甚至戰爭，無常的變換，說來就來……」

我不知道 M 為什麼突然顯得感傷，還想到戰爭，那不是一百年前的事了嗎？

夕陽餘暉在我們遠望的壯麗山脈，時時刻刻揮灑淡藍、淺藍、亮藍、深藍的幻影。

M 從背包拿出素描本，攤開幾張作品，說：「我常常由不同角度畫阿爾卑斯山，這座連綿的藍色大山有著藍色靈魂，我要誠懇地描寫它的樣貌，畫下永恆。」

就在這裡的此時，真實的山和 M 的畫，幫我打開了通往藍色的大門，一走進藍澄澄的世界，一匹藍色的馬朝我奔來。

「藍色的馬！」我忍不住驚呼，激動的和 M 說：「今天，還沒結束，這匹馬已經出現在我眼前三次。第一次是在公寓走廊、第二次是在地鐵站牆上、現在是第三次，在你的這些畫裡……」

聽完我的敘述，M 爽朗笑了。「真是神秘的奇遇。這匹藍色的馬是 K 畫的，冥冥之中，似乎藍色馬想要和你說話，

要你相信自己創造的真實，那是靈魂的理解⋯⋯」

聽不懂 M 說的話，我不禁皺起眉頭，腦袋裡完全沒有想法。

M 伸手輕輕拍了我的額頭，溫柔的說：「不要急著找答案，想像一下，藍色的馬是一個故事？還是一個夢境？是一個前進？還是一個預言？」

「不要急著找答案。」

M 的這句話在我心裡回響成一個答案，藍色的優雅站立，靜靜等候。

光著的雙腳已經沒有溼答答的感覺，晾著的衣物摸起來也乾爽舒適，穿上鞋子、整理背包，我們在外面玩耍了一整天，終於要回家了。

M 的家在離湖邊不遠的山坡上，牽著腳踏車緩緩漫步迷濛
的林蔭小路，她說：「今天晚上會有朋友到家裡吃晚餐，
都是對藝術充滿熱情的畫家。我們這群朋友經常聚在一
起，分享畫畫的經驗和交流想法，每個人的風格各有差異，
經由不同感受，彼此激盪火花，更貼近自我。歡迎你一起
參加，不必害羞，畫家也是平常人。

你不是也喜歡畫畫嗎？」

我幫你計畫好了，等天色暗了，月亮升起、星星閃耀的時
刻，你再搭火車回慕尼黑。別擔心，一定有車的。」

M 盛情的邀請，打動了我。

我傳了簡訊給 H 告訴他，我會在新朋友家參加聚會之後再
回家。

H 回覆：「晚上剛好加班，到家的時間也約莫十一點。晚
上見！」

黃色小屋

像太陽一樣給予光芒，M 的俄羅斯人之家。

遠遠的，還走在林蔭小路的上坡，透過樹枝和樹葉的間隙，依稀就看到 M 家的閣樓，一座切成三面、形狀可愛的屋簷。走出綠茸茸的樹蔭，一陣芳香撲鼻，接著映入眼簾的是一個修剪精緻、植物茂盛的環狀花園，M 的家就被五彩繽紛的花朵簇擁其中。牽著腳踏車，我站在花園入口，欣賞著這棟夢幻小屋。質樸的牆面漆著如蛋糕般柔軟的乳白和奶油黃，木頭的屋頂、屋簷和門窗是純淨的水藍。

我由衷的發出驚嘆：「好美的房子啊！」
M 說：「真的很幸運，當初我和 K 決定在穆爾瑙定居時，發現這棟房子，一眼就愛上。我們很喜歡它外觀復古的鄉村風格，和屋裡溫柔又摩登的裝潢設計。還有，它的位置

Münter-Haus

in Murnau

serale
2019

就在一個新舊發展的交界點上，由一條鐵道為界，前方是熱鬧的小鎮，後方是寧靜的森林。我和 K 都需要一個可以優雅活動又可以專心畫畫的地方，這棟小房子的氛圍，恰巧就是我們要的。」

「這是你和 K 的家，兩位畫家的家，感覺在房子裡，每天都會發生浪漫的故事，創作很多浪漫的圖畫。」我輕飄飄的說著……

M 微笑著說：「因為 K 是俄羅斯人，鎮上的人就稱這棟小房子叫俄羅斯人之家。故事總是在發生，不過未必與浪漫有關。

連續幾年，我和 K 四處旅行畫畫，儘管日子算是愜意，但總會莫名的浮現一個期待。如今，有了這棟小房子，自己

的家，感覺踏實安穩，畫出的圖畫也多了一分簡單生活的
魅力。」

踩著小石頭路，跟著 M 穿越花園，晚上七點，我終於到達
M 的家。到了門口，突然湧起一股似曾相識的感覺⋯⋯努
力想了幾秒，還是毫無頭緒，思考斷了線。

M 拉著我的手說：「真高興你來。」

Self-portrait
in front of an
Easel
1908-09
GM

2019 sera
TAIWAN

Gabriele Münter:

定居穆爾瑙的那五年，是一段愉快且充實的黃金歲月，康丁斯基也在這期間走向他純粹抽象理論的時期。

我們的小屋，成為當時藝術圈喜歡前來拜訪的場所，大家一起討論繪畫，甚至到附近寫生。當時藝術界充滿著革新氛圍，康丁斯基和幾位朋友於一九一一年創立了表現主義團體「藍騎士畫派」，並在慕尼黑藝廊舉辦過兩次畫展，還發行了年鑑，我也是其中一員。

我們原本計畫「藍騎士畫派」繼續到各地展出，萬萬沒料到第一次世界大戰悄悄爆發。

一九一四年的一夜，穆爾瑙原本燈火通明的小房子突然失去光亮，所有的理想、夢想、未來的願景，在剎那間熄滅。身為敵對國家俄羅斯人的康丁斯基被迫離開，我陪他逃到了瑞士。接著他回到俄羅斯，我們的人生也從此各自轉向。戰爭結束後，我開始接肖像畫的工作，並教授美術，也到法國進修人物畫充實自己，努力調適因為戰爭失去幾位朋友，以及和康丁斯基分手所帶來的衝擊。

不料，正當我逐漸接受新的生活步調，一九三九年，第二次世界大戰爆發，戰火再次降臨。

答案

無法理解的運作，也是生命中的一定。

我猶豫著是否要脫鞋再入內，因為房裡的地板清掃得非常乾淨。

M 見我站著不動，揮手和我說：「進來啊！不用脫鞋，如果你想脫鞋、習慣光著腳走路比較舒服，那就這麼做吧！」

「謝謝！」我和 M 說，然後踏進屋內，正式拜訪。

門廊的前方正對著一扇小窗，透過玻璃窗可以窺見後院花草的姿態。窗戶緊鄰著弧線優美的旋轉木樓梯，樓梯下方是小衣帽室。M 在準備著待會的晚餐，她倒了一杯水給我解渴，說：「這是來自阿爾卑斯山的水。」

我接過水杯，走到靠牆的白色長椅坐下休息、喝水，好奇的東張西望。

M 和 K 的畫室和我印象中「藝術家」的凌亂隨性不同，畫具和桌面整整齊齊，每處角落保持得井然有序。M 一邊忙著一邊說：「平常，這個房間是我和 K 的畫室，朋友來，我們就在這裡聚會。等一下，我帶你到二樓、三樓，從樓上鳥瞰小鎮，所有風景都像收在水晶球裡那樣迷人。」

M 停了半晌又說：「還有，告訴你一個秘密，後門地板下有個隱秘的地下室，可以安全的存放我們心愛的收藏品和畫作。這真是一棟完美的房子，不是嗎？」

阿爾卑斯山的水咕嚕咕嚕進到我身體裡，純淨甘甜的味道在細胞裡流竄、清洗，方才在門前想不起來的片段打下一道閃光，突然明朗了。

「明信片！」我想起骨董店老闆送的明信片都還沒仔細欣賞，於是放下水杯，從背包小心的拿出來。

五張黑白明信片，一張是穆爾瑙火車站，一張是路過的教堂，另外兩張則是沼澤和湖泊的景致，正好是一次旅程的回顧，走過的記憶又回到眼前……就像昨日在 H 的公寓，發現那張不知道是誰寄給我的明信片，此刻又出現在我手上。

有的時候，你會不知道為什麼來到這裡，有的時候，你會知道為什麼。

我在第五張明信片裡發現了答案的線索，那棟座落在鄉村的木頭小屋，原來就是 M 的家。內心燃起不可思議的感覺，身體不禁自動哆嗦，手裡的明信片跟著也掉落一地。

20/9 sera lee

sofa

Münter House

K

終於見面了！素描本上 M 的情人本人。

下一幕，是一個令人愉快的時光暫停。
幾乎同一時刻，有位男子當下彎腰撿起我掉落地上的明信
片，遞給我，然後輕聲地向我問候：「你好，我是 K。」

我知道他是 K，柔軟白襯衫，袖口捲到手臂，搭配吊帶、
七分褲，打著赤腳，端正的臉龐有著大男孩般的微笑，蓄
著性格豪邁的短鬍子，專注真誠的雙眼直視靈魂深處，彷
彿從不眨眼，向晚的微光在他直挺挺的背脊上跳躍，非常
帥氣……正是 M 素描本裡的他。
我手忙腳亂的將明信片塞進背包，思緒重回到眼前這間小
房子裡。才一個短暫的恍惚，M 和 K 已經準備好晚餐。在
繡著小花的白色桌布上放著兩籃麵包、起司、奶油和果醬、

新鮮沙拉、火腿薄片、水果，和幾瓶紅酒。

離開白色長椅，我靠近桌上美好，聞著麵包的香味。

M 說：「沙拉裡的蔬菜，是 K 剛從小花園裡採摘回來的，我們除了種花，也在花園裡栽培胡蘿蔔、菠菜、豌豆、生菜等食材⋯⋯」

K 接著說：「光著腳踩在泥土裡，用雙手耕作，照顧自己播下的種子，等待開花結果，我和 M 每日投入這樣的勞動，在小花園工作也是一種創作，挖掘靈感，貼近自然原貌。」

「所以，你們也是農夫？」我問 K。

K 點燃手中的煙斗，深吸一口再吐出裊裊白煙，幽幽的說：「我和 M 有一本關於小花園裡所有植物的生長日誌，記錄

著播種日期、當天溫度、植物生長高度、收成日期等。生命的熱情就在於經驗細節，也是我們表達對生活的態度。」

「你知道嗎？小花園的設計圖幾乎都是 M 的想法，她是天生的藝術家，對人、事、物的感知相當敏銳……」
一陣煙霧瀰漫，在 M 和 K 之間緩緩圍成圓形、聚集成無數的點點，像雨絲般落入這對戀人的小世界中……

M 聽著 K 的說話，依然一派悠閒自若，含蓄從容的微笑。

訪客

奇妙的聚會。藍騎士。

接近八點，訪客陸續到達，一對 K 的俄羅斯人夫妻、三位和 M 年紀差不多的年輕男士。

K 在朋友到達之前，上樓梳洗更衣，然後一絲不苟地優雅的出現，風度高貴迷人。女主人 M 裡裡外外穿梭，招呼大家圍坐餐桌。

當我們舒適的坐在位置上，準備享用晚餐，K 首先舉杯祝福用餐愉快。

我坐在 M 身邊，專注享用餐桌上的食物，咀嚼著麵包，一面觀察畫家們的容貌、聲音、表情、情緒，聽著他們熱切的交談。

M 在我耳邊低低的說：「今天的聚餐主要是討論未來的一個展覽。我們這群畫家希望組成新團體，用自己的方式展

出作品，挑戰不同的嘗試。」

M 和我說過，她的畫家朋友都是忠於自我、個性鮮明的一群。這次餐會上，每個人拋出的各種想法，確實讓我覺得深刻又有趣。

餐桌上的互動夾雜著食物的香氣滲入各種感官，令人留戀。

晚餐持續地進行，來到結束之前，M 幫大家換了甜點專用的餐具，端上剛出爐的蘋果派。

切了一份大小適中的分量，擠上鮮奶油，我吃著還冒著煙的蘋果派、喝著紅酒，想著自己莫名出現坐在這裡的奇遇。

瞬間的某一刻，四周的喧嘩熱鬧突然減弱下來，只剩下 K 的聲音，和大家分享他早期畫過的一幅作品，描繪一位身披藍色斗篷的騎士騎著白馬穿越山坡綠地的景象。

K：「畫這幅畫時，我的靈魂在跳舞。」

每個人都被 K 吸引了，我轉頭看 M，她和 K 正互相凝視著對方。

「藍騎士！」一位年輕畫家打破安靜，激動地說：「我喜歡馬，K 也喜歡馬，我們也喜歡藍色，我們就取名藍騎士畫派吧！」

頓時餐桌又恢復原來的生氣，還有人敲著桌子。K 又再次舉起酒杯：「敬，藍騎士！無論是興趣或藝術上，都要有更廣闊的視野，兒童美術、民俗藝術本質的原始樸素，也會是我們追求的⋯⋯」

我也舉起酒杯，向曾經出現眼前的藍色的馬致敬。

窗

和 M 的約定，生活在圖畫中。

吃完最後一口蘋果派，拿起紙巾擦拭嘴角，看見 M 向我眨眼示意。我悄悄跟著她起身離開，踏著旋轉樓梯走上二樓。將畫家們意猶未盡延伸「藍騎士」這個名字所引發的騷動氛圍留在樓下。

二樓的狹長走道，鋪著墨綠色地毯，走道分別有三個出口通往三個房間，一間是客房，一間放著一架鋼琴，是 K 的音樂室，中間的房間是一個小客廳，簡單放置了桌椅、桌燈，和擺放著木刻小玩意兒的架子，牆上掛著幾幅他們喜愛的反轉玻璃畫。
我們沒有在二樓停留，繼續上樓，她說：「從三樓窗戶遠眺小鎮風景最美！」

整個屋子裡，隨處可見 M 和 K 愛與藝術的巧思。從旋轉樓梯到衣櫥、櫃子、化妝台到木製家具，都有他倆親手繪製的裝飾花紋、圖騰。

M 說，這是她和 K 的共同創作，生活和藝術是無法分開的。兩人也互相鼓勵這樣的理念，從小花園的設計到屋內的擺設，牆面的選色到地板的材質，總是細細琢磨。

我們拉了兩張椅子靠著三樓的窗戶坐下。M 將木頭窗向外推開，涼爽的晚風隨著即將散場的陽光輕柔吹拂，放眼望去，最遠的阿爾卑斯山、坐落湖邊像積木一樣的立體小房子，到花花綠綠的山坡……穆爾瑙層層疊疊的景致盡收眼底。

「好舒服啊！」我和 M 不約的說，輕輕吐出放鬆的感覺。

「站在這裡，面對窗外永遠的美景，我時常會想，為什麼

會遇見 K，然後和他成為戀人？到底是因為愛而畫畫，還是因為畫畫而愛？為什麼我會來到穆爾瑙這個小鄉鎮？甚至這棟小屋還成了我的家。」

M 的眼神像被吹熄的蠟燭，暗黑無邊，口氣低語在很多的為什麼中轉圈。

這是她第一次在我面前展現落寞，不過是走上三樓，彷彿樓下的歡樂已經與她無關。我知道她是在釐清自己的事情，並非和我說話。我們各自想著心事，安靜地讓風吹過。

我以為 M 不會有像一般人的困擾。她聰慧有才華，勇敢的走在畫家的夢想之路，還有 K 的相伴，人生看起來順遂美好。讓她打轉的為什麼，聽起來反而比較像是我心裡的迷宮，為什麼會遇上 H？為什麼這麼不確定的活著？為什

麼明明不相信愛情卻又旅行到 H 身邊？回想一路上 M 時而變換的臉龐，宛如那幅畫中女子的影像，我曾經對她說：「有時，我看到的你是另一個人⋯⋯」

命運帶我來到這裡和 M 站在同一個窗口，此刻，我才恍然大悟，原來從她身上看到的另一個人，其實也是我。

M 輕輕嘆了一口氣，送走落寞的情緒，之後又像想起什麼事，起身離開，隨即拿了一幅畫走回來。那是一幅垂直構圖的長型畫作，畫面上戴著帽子的 M，雙手搖槳，背對觀者的划船，左右兩側各坐著一位訪客，還有一隻黑狗，K 直挺挺站在船中央，發亮的眼珠直視著前方。

我問 M：「這是你們在斯塔費爾湖划船的記憶嗎？真特別

的角度,為什麼是你在划船呢?」

M 呵呵地笑了兩聲:「我也覺得自己的這幅畫很有意思,應該是內心對於和 K 的情感的某種投射吧。這幅畫反映了 K 在我的世界是唯一的中心點,我仰望他,但是划船的人卻是我,決定方向的人也是我。即使置身一段不安的感情裡,選擇權其實還是掌握在我自己手裡。」

聽著 M 的描述,我走進她的心裡問:「那你打算划船到哪裡呢?」

「哪兒也不去,就待在畫裡。」M 語氣堅定的回答。

太陽下山

回到真實，最美的時刻。

我還神遊在畫裡的船上，留戀小船要去的地方，陽光不知
什麼時候已被黑暗覆蓋，夜晚來臨了。
M 點亮屋裡一盞朦朧的燈，拿出火柴棒燃起燭台上的蠟
燭，纖細的燭火不停微微跳動，眼前的一切彷彿也將因為
燭火熄滅而隨時消失。
窗外的夜空掛起了一輪明月，點綴著數不清的小星星。
晚上九點半，是該離開的時候了。我探出身子緩慢的注視
著窗外，和穆爾瑙這個小鎮道別。

樓下的聚會依然熱烈進行著，歡笑夾雜著 K 的說話斷斷續
續劃破寂靜的空際，循著藍色馬的奔馳往阿爾卑斯山的方
向遠去。

小花園裡有個人影在向我招手，是 M，臉上帶著我們第一次見面時的親切笑容，傳遞著無言的祝福。

這趟旅行，我們互相從彼此身上發現另一個自己，勇敢的她也是軟弱的我，承認對愛情的無能為力卻也會小心保護；拿起畫筆就是往內心走去，努力證明真實存在的自己。

小屋的三樓窗口，一個超現實的通道，我俯視 M，也向她用力揮手，告訴她我收到了她的訊息，會好好照顧已然找回的初衷。

天色愈來愈黑了，白天美麗的景象全都轉成扁平的黑影，回去的路被擠壓成彎曲的線條，就快隱沒在森林中了。

關上三樓的窗，準備下樓，眼睛餘光見到小花園裡 K 和 M 依偎的身影，就像一對平常的戀人，停在只屬於他們彼此的浪漫時光。

Gabriele Münter:

我和康丁斯基的最後一次
見面，在大戰爆發後的隔
年。我們在瑞典的斯德哥爾
摩見面。那日，我們在相館
留下合照，他承諾下次見面

我們就結婚，但後來竟是一場空。事實是他一回到俄羅斯，很快的便和一位當地女子走入婚姻，而我卻是在五年後才知道這個消息，且那五年我一心相信他會回到我身邊。

我們因為戰爭分開，但從未預料戀情會因此無疾而終。發現康丁斯基的背叛，讓我的生命陷入低潮，儘管如此，我仍安靜的畫畫。我不想對他表達激烈的抗議，而是以自己習慣的從容，慢慢接受，將所有疑問和不解畫到畫布裡。

曾經有朋友說，我那時期的畫儘管色彩明亮溫暖，卻感受不到快樂！

康丁斯基於第二次世界大戰病逝法國，享年七十七歲。身為曾經的親密伴侶，我十分惋惜他沒能親眼見到這世界在戰後的蛻變。

隨著他的去世，我和他之間的故事也應該圓滿結束了。

一九五七年，我八十歲，決定將康丁斯基因為戰爭而留在穆爾瑙的大量作品，全數捐給慕尼黑連巴赫市立美術館。我從來都知道，這些作品並不屬於我，而是屬於歷史。
康丁斯基確實成就非凡，我應該給他在慕尼黑應有的地位。

康丁斯基曾經對我說：「上帝的火光，點燃了你的天賦才華，你擁有足夠的色彩感，是天生的畫家。」我確實珍惜這份禮物，也用盡全力燃燒了它。

再見

永遠有然後……

整理好背包，我和一起吃晚餐的藝術家告別。

M 和 K 牽著腳踏車在門口等我。K 揚起迷人的微笑，伸出兩隻大手和我握手，說再見。我騎上腳踏車，跟在 M 後面，順著來時的小路，經過樹林和湖泊、小鎮的廣場和教堂，最後來到火車站。愛麗絲結束兔子洞裡的夢遊，收場的速度是否也這樣飛快，一眨眼回到現實？

停好腳踏車，我們等待即將進站的末班列車，月台上只有我和 M 兩個人，氣氛和下午到達時一樣靜謐。遠遠的阿爾卑斯山已經不是藍色，是很多三角形的黑影，安穩睡在地平線上。

四周是一片世界末日的深邃漆黑，我問 M：「真的會有火

車來嗎？」

「時間到了，火車就會出現在最正確的時間點上。」M即使最輕柔的話語也能重重打在我心上。

一天下來，我和 M 都知道眼前當下已是尾聲了。

接下來，我會搭上火車離開，她會騎上腳踏車回山坡上的家，有 K 在的小屋。我們分別將會由穆爾瑙火車站拉出兩條甚至更多、更遠的線，時空從這裡到那裡看起來一樣又不一樣，是另一副 M 畫出來的圖畫。

原本靜止的軌道上，火車的光一閃一滅漫遊到站，M 和我在車門前互相擁抱，沉默地留下純粹空間，然後分開。
就在車門即將關上的瞬間，我被整個時間催促著，急忙從背包拿出骨董店老闆送的明信片，印有鄉村小木屋的那一

張，交到 M 手上，匆匆地說：「寫明信片給我吧！寫什麼都好。」M 接過明信片，點點頭對我笑著⋯⋯

我和 M 沒有說再見。我坐上火車朝慕尼黑前進，月台上的 M 不斷向後推移，身影一點一點地隱沒在穆爾瑙的夜晚之中⋯⋯

夜車

所有的緣分都是因為她選擇了我。

晚上十點，穆爾瑙開往慕尼黑的火車上，窗外黑壓壓的什麼也看不到。我雖然坐在火車上，但某部分的我還殘留在 M 的身邊，偷偷坐上她的腳踏車，躲進她的素描本裡，執拗著與她的相遇，想知道 M 究竟是誰，還有後來的她發生什麼人生故事。

我陷入問號，以為在回程的這段路上會獨自糾結在關於 M 的謎團之中，沒有出口，直到在車廂上開啟了一場意外的對話。

「你到穆爾瑙旅行嗎？」

突如其來的一句話打破了沉默氛圍，轉頭發現，是下午火車上的那對老夫妻，說話的是老太太，老先生坐在一旁，

也是一臉和藹的看著我。

老太太又說：「我記得你，今天下午我們坐同一班火車，一起在穆爾瑙下車⋯⋯」

「啊！我也記得你們⋯⋯我騎著腳踏車旅行，先到穆爾瑙的沼澤，然後去了湖邊，還吃了冰淇淋，度過非常美好的一日。你們住在穆爾瑙嗎？」

老太太說：「是啊，一輩子都住在那兒，即使戰爭也沒離開。」

老先生也插話過來補充道：「我們是生活在泥土裡、道地的巴伐利亞農夫。」說完開朗地笑了起來，笑聲讓我驚醒，不再恍恍惚惚。

「你有去山坡上的博物館嗎？」老先生問我。

我想了一下，說：「你指的是俄羅斯人的房子嗎？」

聽我一說，老太太開心地笑了：「那是很久以前當地人的說法，現在已經正式成為女畫家的博物館。一位定居在穆爾瑙的女畫家，二戰期間，她將當時被納粹視為墮落藝術的藍騎士畫派的大量作品，藏在小屋的地下室，因此讓許多珍貴的畫作逃過一劫，一直保存到現在。

我見過女畫家本人，小時候我曾經送牛奶到她的小屋，一位氣質優雅的大姐姐，我都這麼老了，都還記得當她對我說謝謝時那個片刻的親切語調，有一種穿透的魅力，安定了我因為送牛奶給大人而緊張的小小心靈。」

「你見過她的作品嗎？」老太太接著問我⋯⋯

回家

M 和 K 都不在了，我們還在。

我又回到了慕尼黑。打電話給 H 約好見面地點，一起散步
回家。

在火車上的老太太問我有沒有見到女畫家的作品，我的內
心登時像觸電般閃亮了起來。
我當然見到了女畫家的作品，甚至在命定的畫作前進入她
的畫裡，和畫中女子經歷了一段饗宴般的旅程。
夜晚十一點，當我走出地鐵站，穿越時空一百年，抬頭仍
是穆爾瑙滿天星斗的夜空，H 在不遠不近的地方等我，月
光下的他真實美好，是我的世界。
為什麼會來到這裡已是一個答案，我朝著 H 愉快地奔跑過
去。

M 在這個城市和 K 相識、相戀，在戰亂的年代她終究還是完成了夢想成為畫家。平凡渺小的我，如今來到她曾經生活的城市，走著她走過的路，收下她送給我的勇氣。

H 問我：「今天好玩嗎？」
我再次描述了穆爾瑙的沼澤、湖泊、腳踏車、阿爾卑斯山……然後問他，知不知道那個小鎮上有一間女畫家的博物館。

他回答說：「我聽過那間博物館的故事，德國女畫家和俄羅斯男畫家的家。這對戀人因為第一次世界大戰爆發分手，從此兩人就沒再見面了。」
H 說得平淡，講述一段已經發生了的歷史。原來 M 和 K 最後並沒有長長久久，和我想像的不一樣，我不禁沉默。

「你覺得很可惜嗎？最後，他們分開了。」H低下頭看著
我說。

「我覺得很悲傷。」我說。

「那，我們明天再去美術館看他們的畫，至少畫裡還有著
他們的生命和快樂時光。不要憂鬱，我們還在，不是嗎。」
H溫柔的說。

禮物

不要急著找答案，有一天，某個時刻，就會知道。

我們慢慢散步，短短的回家之路，在這個城市的深夜，清澈透明。

踩著旋轉樓梯上樓時，H和我說：「早上，房東通知大家，樓上那位在睡夢中去世了，她真的變成幽靈了。」
我沒有和H說，其實早上我見過那位老太太下樓的身影，她牽著藍色的馬，消失在金黃色的陽光裡。
推開公寓的門，點亮屋內的小燈，看見牆上的鐘指著凌晨時分，今天就要結束了。
我將背包丟在地板上，走進房間又將明信片拿出來細瞧。
和昨日一樣是褪色的黑白照片，不一樣的是，我已經知道這是M寄來的明信片，翻過背面，撫摸那些斑駁的字跡，

我回憶起和她的說話，直覺的知道那是她喜歡說：「不急著找答案……」

H從廚房端來一杯水給我，還送我一本厚厚的畫冊，他說：「今天在路邊紙箱裡看到的舊書，我覺得你會喜歡……」
收下畫冊，看到封面上的肖像，我傻傻地笑了起來……
到底是巧合還是緣分，H送我的竟然是M的畫冊。
熟悉的畫中女子透過不同方式，又來和我見面了。
原來，在穆爾瑙和M的分開，不是結束，而是開始，和她的奇幻旅程，不會有終點。

「在笑什麼呢？」H問我。
「謝謝你送我的畫冊，我很喜歡……」我開心的說。
「我們一起看嗎？」H說，

我點點頭，放下手中的明信片和水杯，拉著 H 的手，我們舒服地靠在床邊。

輕輕翻開畫冊的第一頁，M 的創作世界在眼前，我完全又被捲入，周圍的空氣凝結成水晶的光，蔓延出數不清的界線，交錯纏繞。

命定的旅程，無論何時何地，隨時都會展開……

後記

二〇〇三年我三十歲，認識四年的德國男朋友對我說：「夏
天的德國很美，你來。」

那是我第一次獨自搭飛機，從台灣到慕尼黑將近十四小時
的飛行，不知為什麼，我害怕地縮在位置上，甚至連起身
上廁所的勇氣都沒有。雖然我已經是個非常大的大人了，
但某部分的自己相當膽小，畏懼別人的眼光，不習慣被注
視，時常幻想能夠像一陣透明的微風活著，不留痕跡的來
去，那就太棒了！但事實是，我終究必須無所遁形的在人
生躡手躡腳的前進，而命運也總會不斷推著我練習勇敢。

三十歲，也是我正式接觸繪本插畫的年紀。那次的旅行我
從 LENBACHHAUS 美術館帶回女畫家加布里‧蒙特的作
品明信片，上面畫著一位端坐在椅子上想事情的女子，當

時的我單純被作品的顏色、氛圍和女子深深吸引，非常喜歡，一直將明信片放在書桌前，直到現在。

二〇一七年底，我通過德國羅伯特‧博世基金會「無界行者」旅行寫書計畫申請，研究主題就是女畫家加布里‧蒙特。二〇一八年六月，我旅行慕尼黑－穆爾瑙－柏林，走訪了一趟女畫家生前的軌跡，深入了解她的故事，關於這位一百年前的女性畫家如何堅持又勇敢的追求鍾愛的藝術、生活，和浪漫的愛情。

自己因為一段關係，在慕尼黑來來去去數不清的日子，原以為讓我虛無縹緲來到這個城市的那陣風是愛情，直到認識了加布里‧蒙特，M。原來，那張明信片也是一個解答，在十五年之後，開啟了我和M的緣分。

懷抱著巨大的、積極的想像，我完成了這個故事。開始於有關自己的感情，過程是走進內心，結束在找回自我。藉著文字和圖畫，我不停穿越在 M 和我的時空，也在這場穿越中找回初衷，點燃為自己而畫的火炬，照亮發自內心的純粹、快樂。這是創作的魔力，越是潛入、挖掘，越具靈魂的美麗故事就會不斷湧出。

「如果你覺得你是，你就是了⋯⋯」M 不斷這樣告訴我⋯⋯

國家圖書館出版品預行編目 (CIP) 資料

去黃色小屋那邊 / 李嘉倩文，圖 . -- 初版 . -- 臺北市
: 大塊文化 , 2019.08
面；　公分 . -- (catch ; 246)
ISBN 978-986-213-995-0(平裝)

863.55　　　　　　　　　　108010960

LOCUS

LOCUS

LOCUS

LOCUS